Kleine Geschichten

von Lew Tolstoi

mit Bildern von Erika Klein

PARABEL VERLAG MÜNCHEN

Die kleine Gruscha hatte keine Puppe.
Da nahm sie Heu
und flocht sich daraus ein Püppchen,
das sie Mascha nannte.
Dann nahm Gruscha ihre Puppe Mascha in den Arm,
wiegte sie und sang dazu:
„Eia popeia!
Schlaf Mascha, schlaf mein Kindchen!"

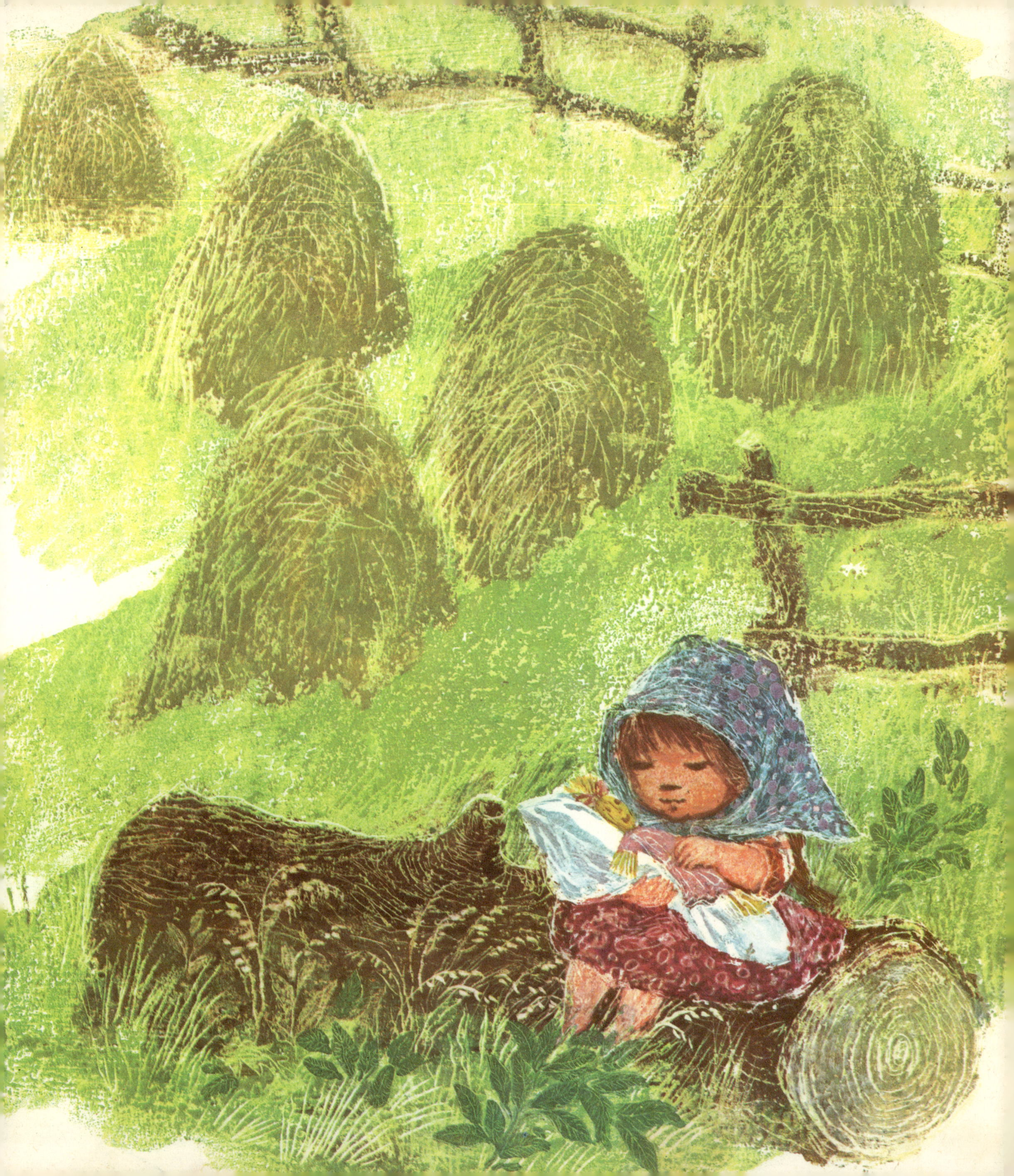

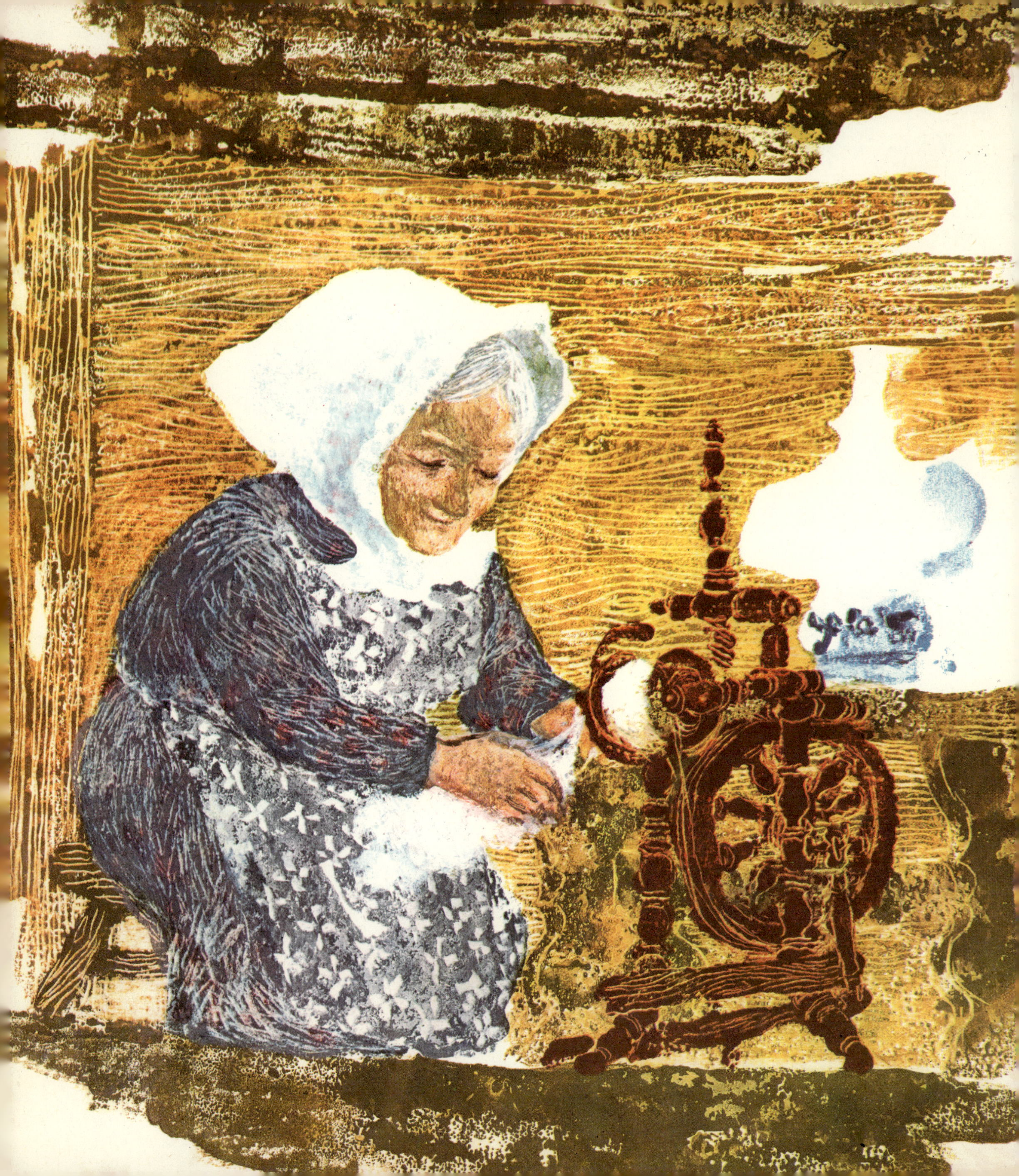

Es war einmal eine Großmutter mit ihrer Enkelin.
Als das Enkelchen noch klein war, schlief es fast immer,
und die Großmutter buk das Brot und fegte die Hütte rein.
Sie wusch, nähte, spann und webte für das Enkelkind.

Nach vielen Jahren, als die Großmutter alt geworden war, konnte sie nicht mehr arbeiten, sondern sie legte sich auf den Ofenplatz und schlief sehr viel.
Die Enkelin aber buk das Brot, wusch, nähte, spann und webte für die Großmutter.

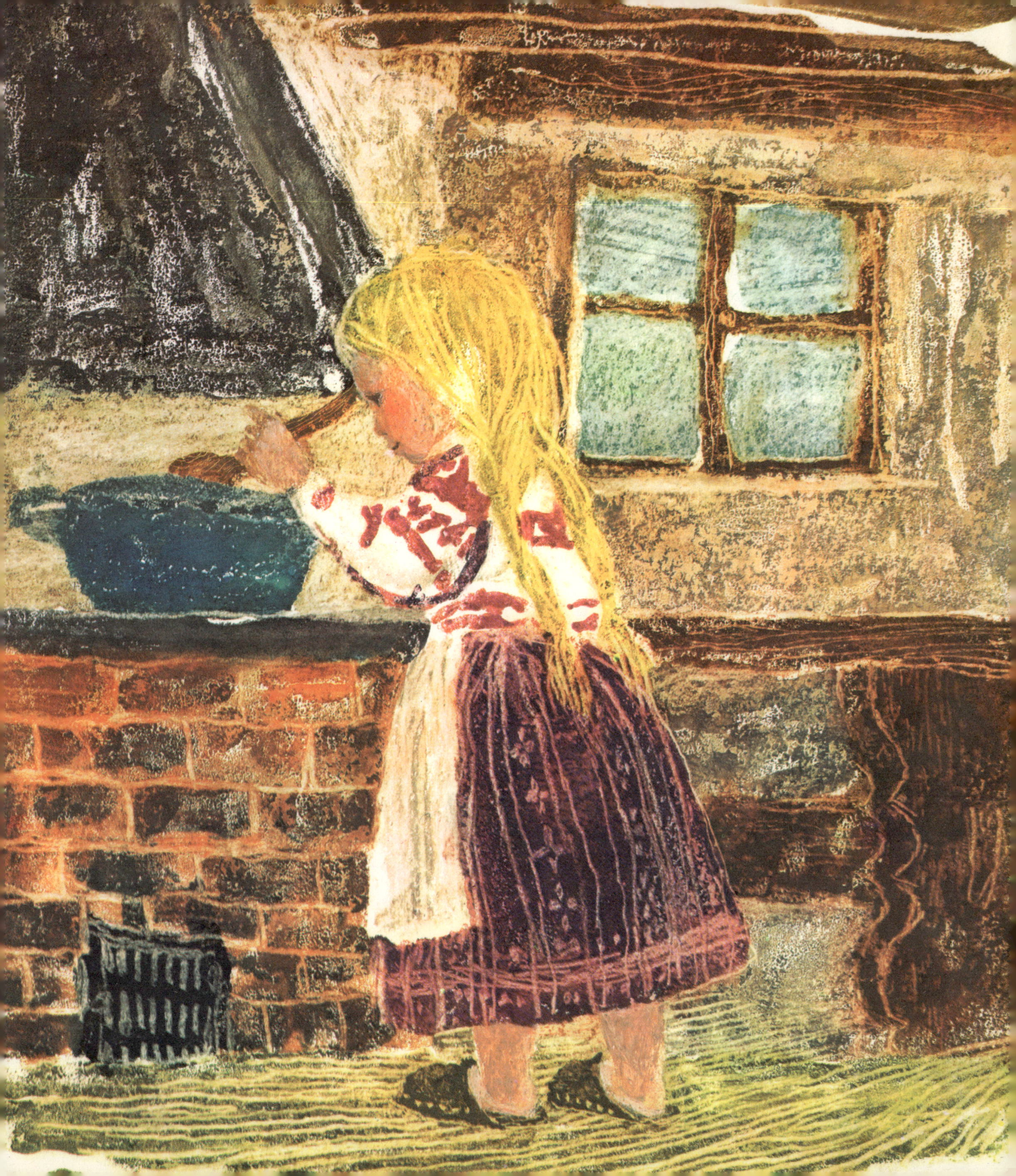

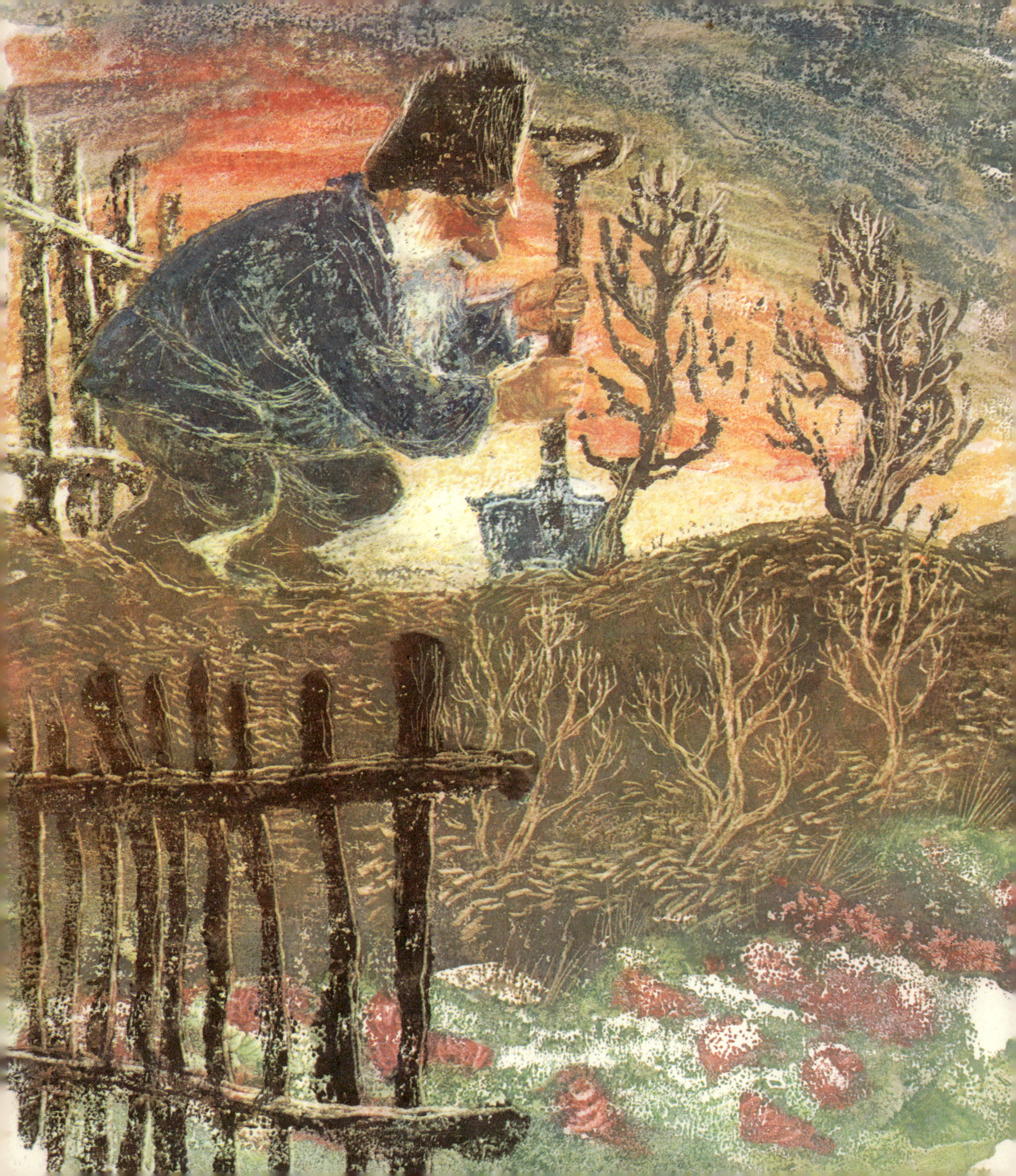

Ein alter Mann pflanzte kleine
Apfelbäumchen. Da lachten die Leute
und sagten zu ihm:
„Warum pflanzt du diese Bäume?
Viele Jahre werden vergehen,
bis sie Früchte tragen,
und du selbst
wirst von diesen Bäumen
keine Äpfel
mehr essen können."

Da antwortete der Alte:
„Ich selbst werde keine ernten.
Aber wenn nach vielen Jahren
andere die Äpfel von diesen Bäumen essen,
werden sie mir dankbar sein."

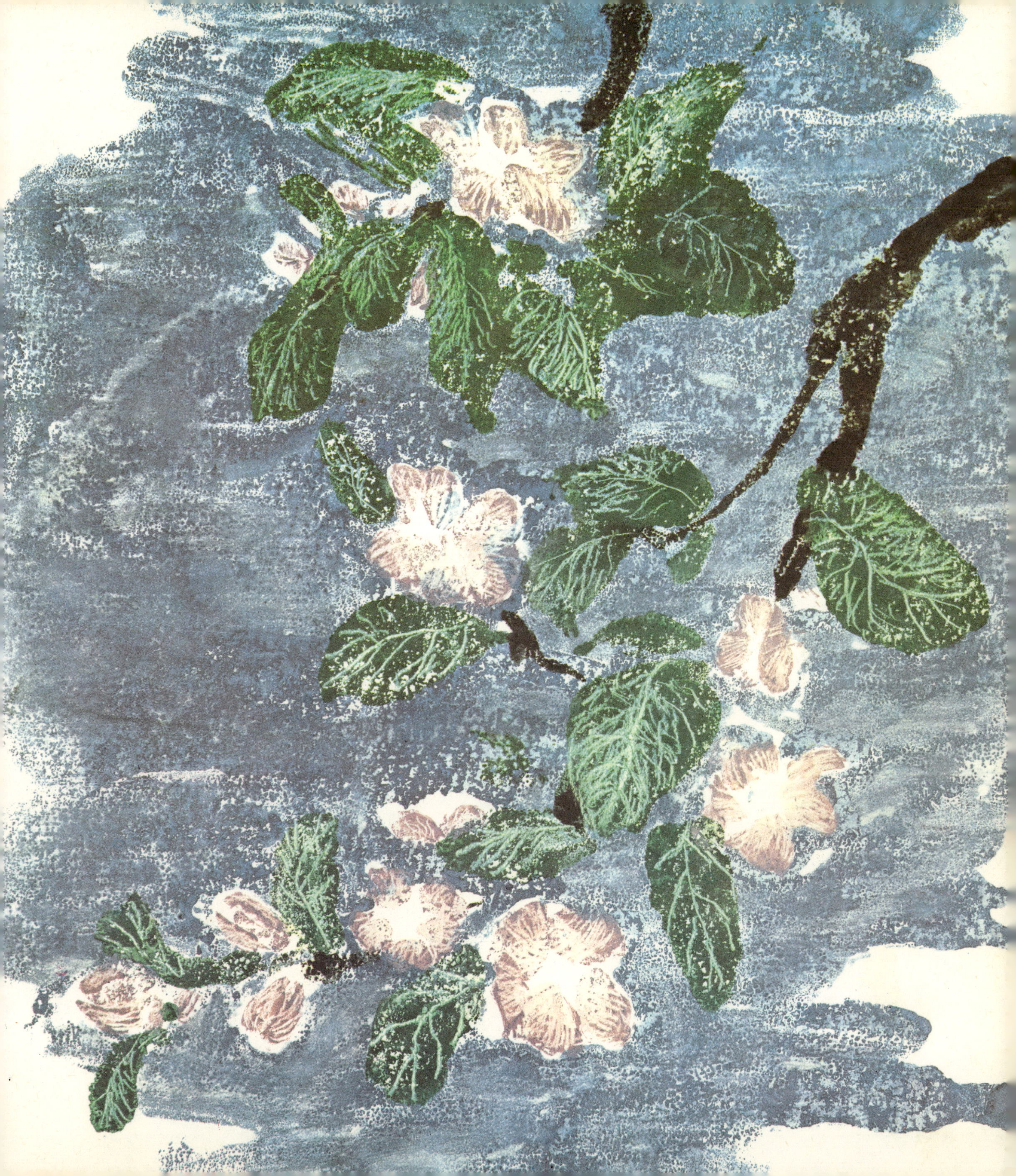

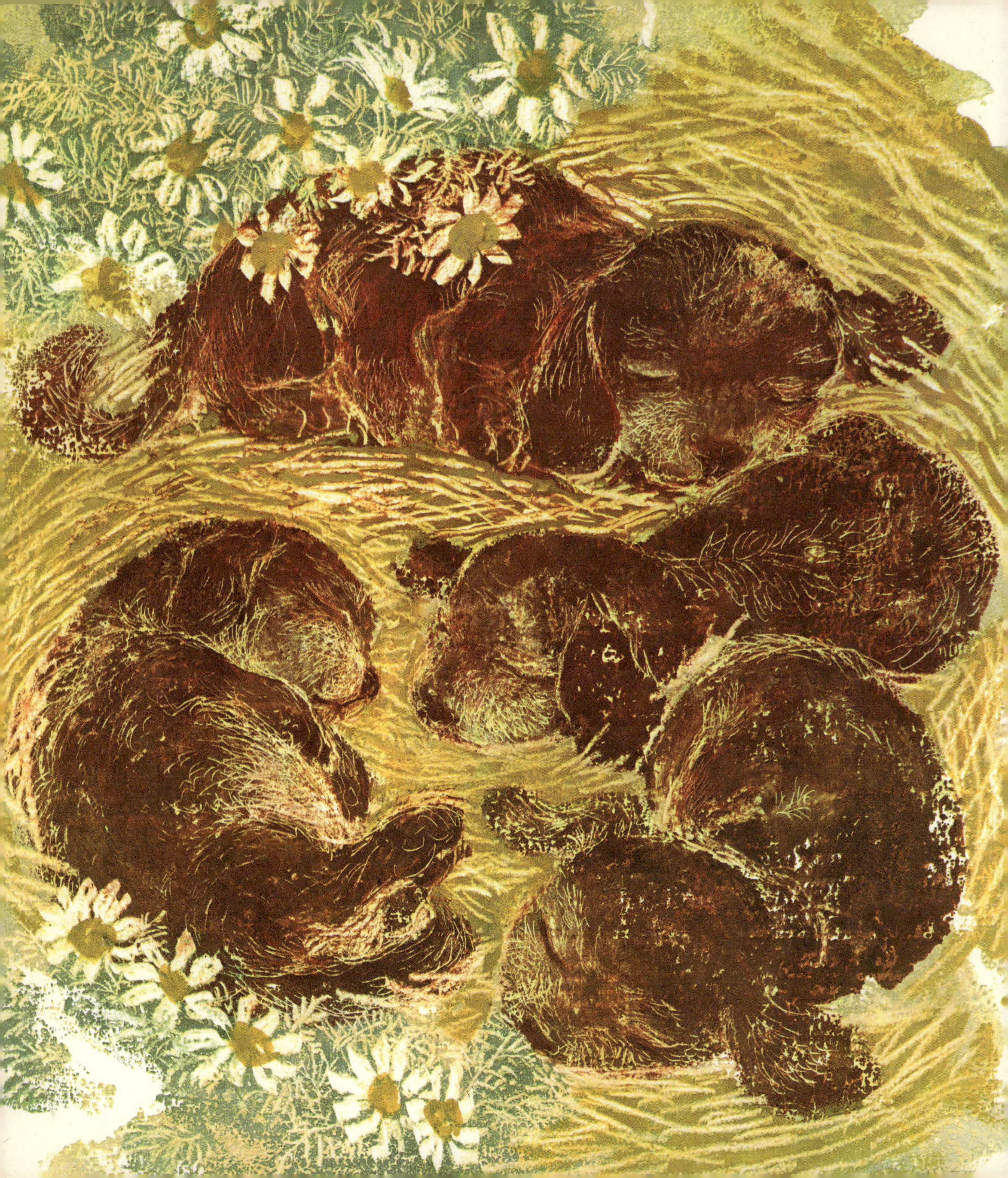

Die Hündin Roska hatte Junge bekommen.
Sie lagen auf dem Heu in einer Hofecke.
Einmal ging Roska vom Lager weg.
Da kamen die Kinder
und trugen die jungen Hunde
auf den Ofenplatz.

Als Roska zurückkam
und das Lager leer fand,
suchte sie ihre Jungen
und heulte und jammerte.
Nach einiger Zeit
entdeckte sie die Hündchen
und stand nun jammernd vor dem Ofen,
weil sie ihre Kleinen
nicht selbst herunterholen konnte.

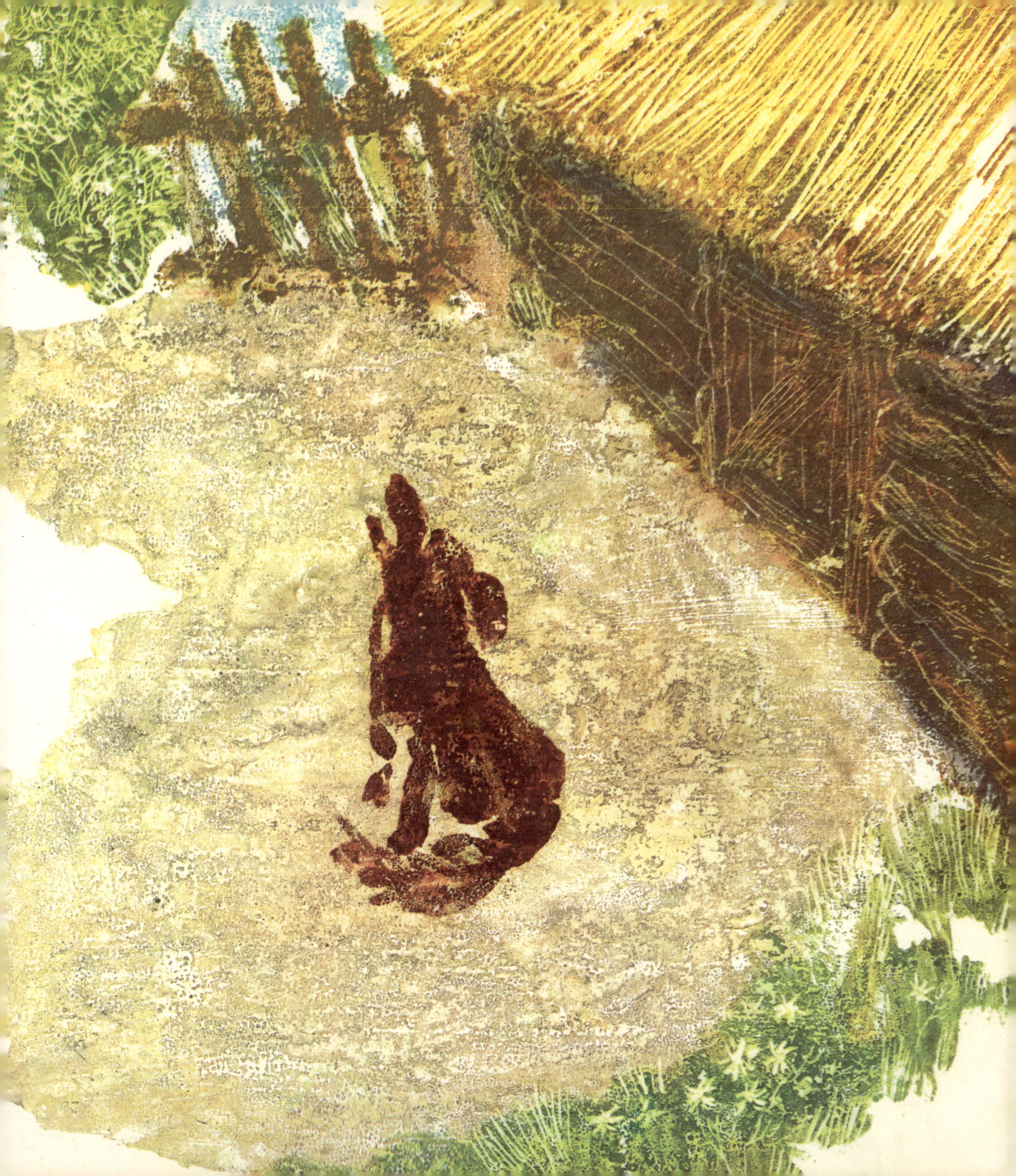

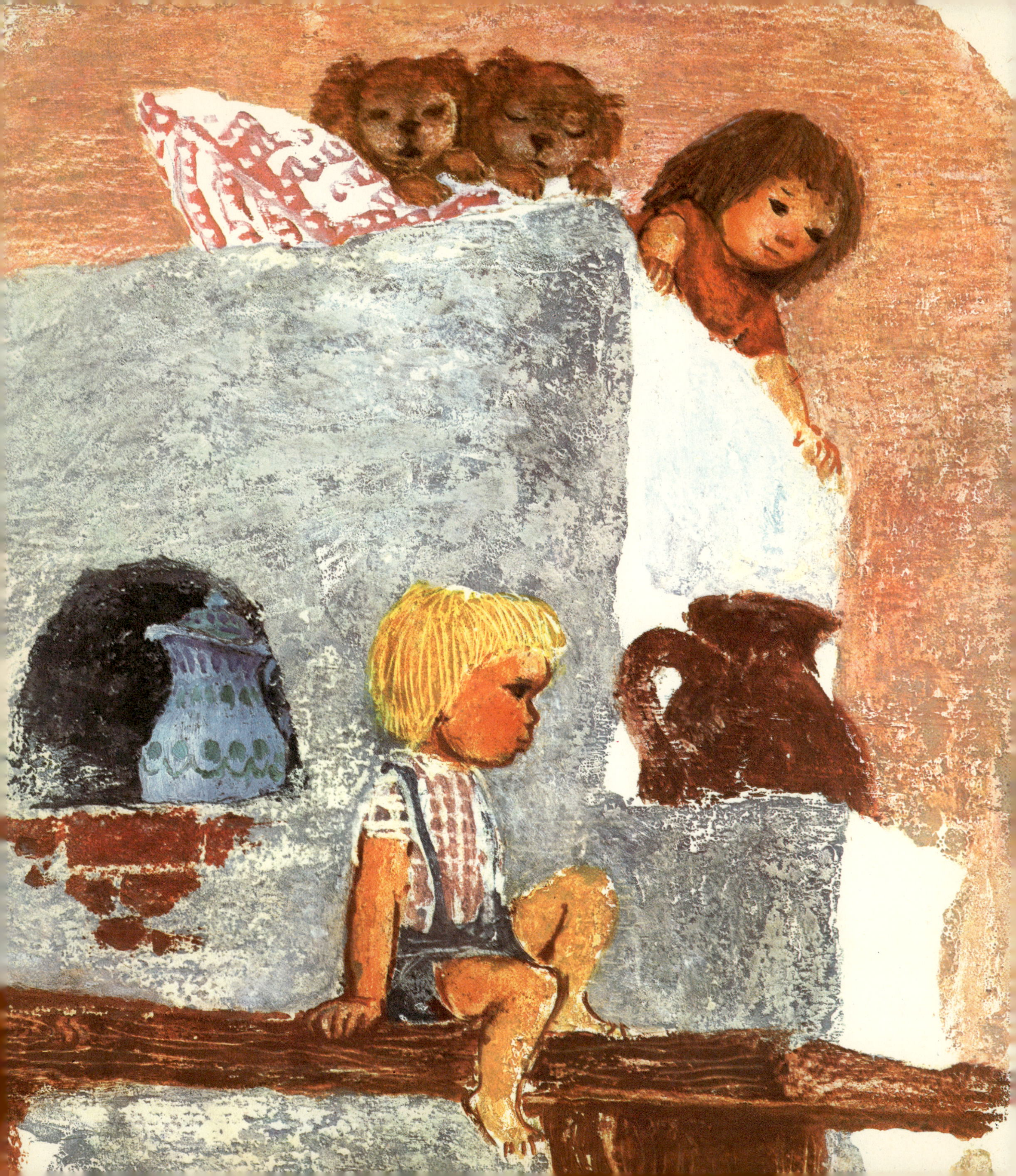

Da nahmen die Kinder die Hündchen
und gaben sie der Hundemutter.
Vorsichtig packte sie Roska
mit der Schnauze am Fell
und trug eines
nach dem anderen
auf das Heulager zurück.

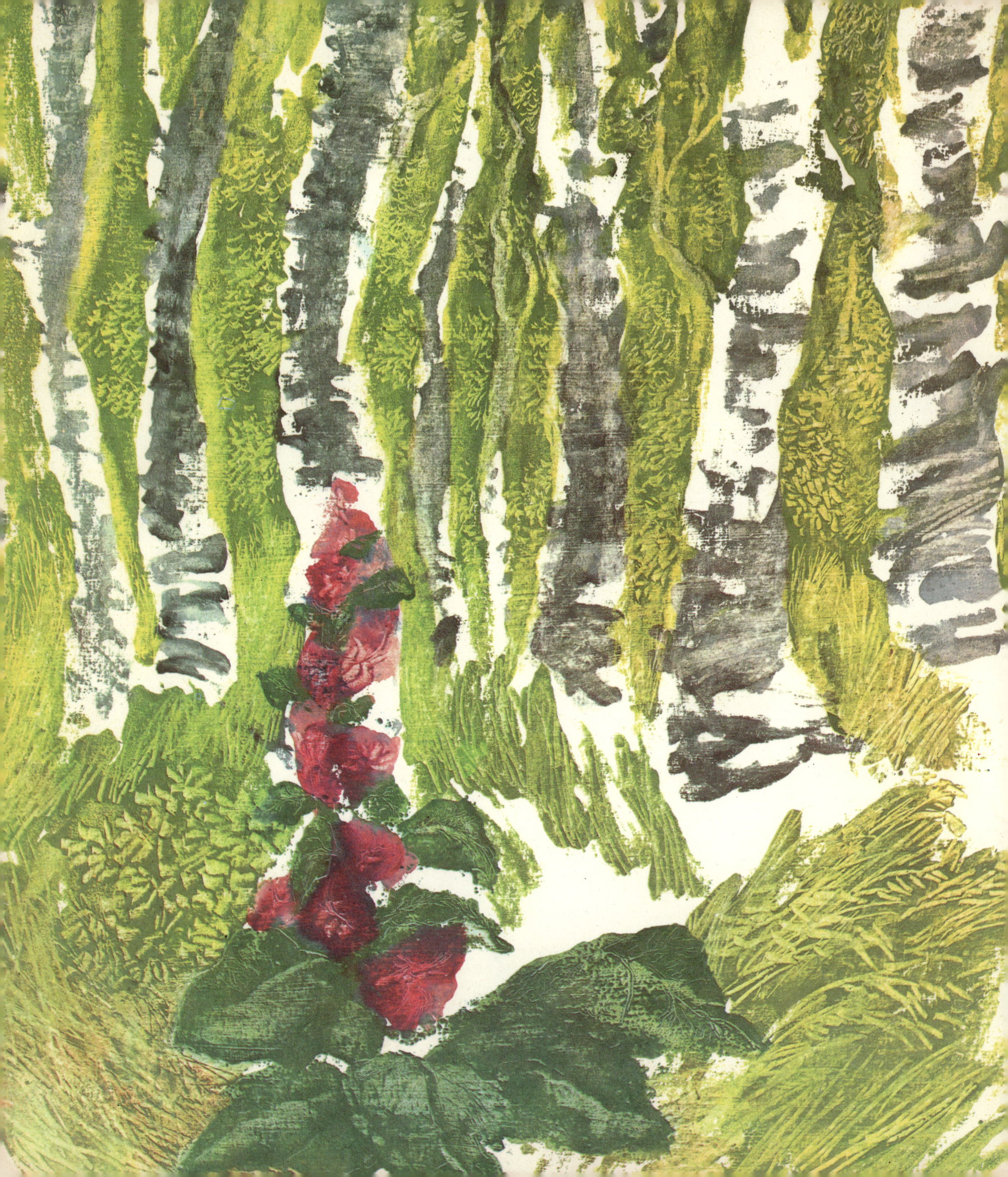

Katja ging eines Morgens sehr früh in den Wald, um Pilze zu suchen. Sie nahm Mascha mit. Mascha war aber noch klein.

Auf ihrem Wege mußten sie durch einen Bach gehen.
Da zog sich Katja Schuh und Strümpfe aus,
nahm Mascha huckepack und trug sie durch das Wasser.
Sie sagte dabei zu Mascha: „Sitz ruhig, Mascha,
und drück mir nicht mit deinen Ärmchen den Hals zu sehr.
Ich bekomme ja sonst keine Luft."
So kamen Katja und Mascha über den Bach.

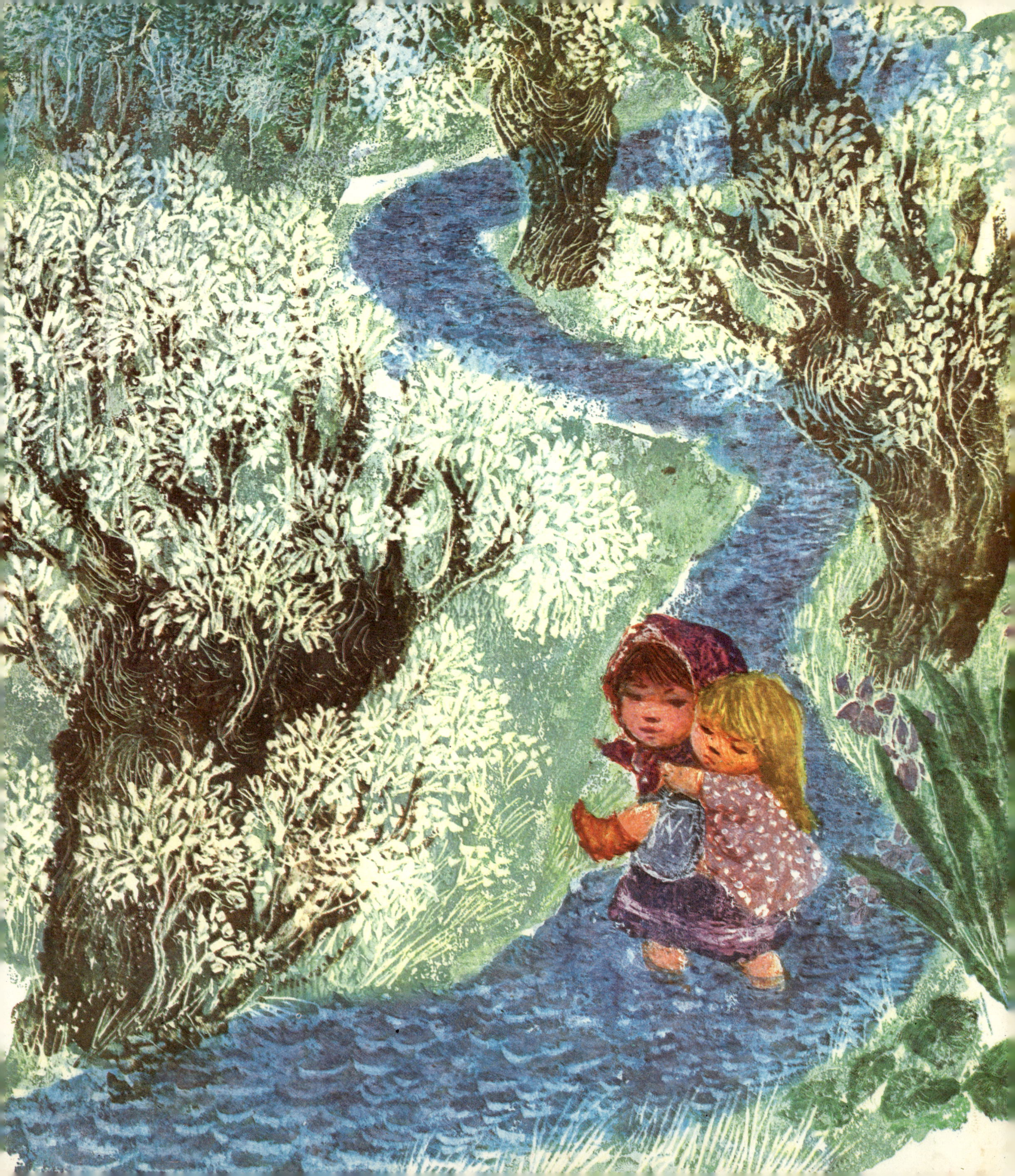

Warja besaß einen Zeisig.
Sie hatte den Vogel in einen Käfig gesperrt,
aber der Vogel sang kein einziges Mal.
Da fragte Warja den Zeisig:
„Warum singst du nicht?"

Das Vögelchen antwortete:
„Laß mich hinaus ins Freie,
dann erst
werde ich wieder singen,
den ganzen Tag."